林　充美
Hayashi Atsumi

歌集

樹雨のパラソル

kisame no parasol

歌と歩く365日

樹雨のパラソル

歌と歩く365日

一月

1/1（月）良い年に、今年はなれよ。

あかときの光のなかに生まれくる新たなる年の新たなる富士

1／2（火）　娘一家が帰省。家の中に珍しく子供の足音が響いている。
小鳥ほどの軽さに。

洗濯物もくもく増えて正月

は雲のなかなり家族集へば

1／3（水）身延山への初参り。

大殺界に入《い》るといふ息子と肩な
らべ祈禱を受けぬ深《み》山《やま》の寺に

1／4（木）　坂茂氏設計の富士山世界遺産センターが、わが町富士宮にオープンした。水面に映ったフォルムが美しい。

両腕を天に広げたナルシスの
姿に立てり木の「逆さ富士」

1／5（金）　もう東京へ帰ってしまう娘一家。それは、「もう」なのか「ようやく」なのか？

イルカちゃん、亀さん一家も幼子
のリュックに入り帰りゆきたり

1/6（土）街はもう「ハレ」から「ケ」の顔に変わっているが。

どこへゆくあてもあらねど初売りの文字に呼ばれて春の靴買ふ

1／7（日）　ラバーズレーン（恋人達の径）というロマンチックな名を持つ小径が、武蔵野の学舎の傍らを流れる玉川上水縁にあった。私の場合は、〝恋人〟ではなく女友達と歩くだけの径だったけれど。

踏みしめる枯葉の音を聴きゐたり肩を並べてゆく夢のなか

1／8（月）　桂文枝さんの弟子の桂三輝《さんしゃいん》さんはカナダ出身。日本人以上に日本の伝統文化を愛する男の心意気が粋だ。

外《と》つ国の益荒男《ますらを》の舌に乗りながら古典落語は海を越えゆく

1/9（火）近くの高校で週十時間ほど教えている。

十七歳きみらの前に立つとき
は紅《くれなゐ》匂ふ声となりたし

1/10（水）実力試験の監督。

静かなる冬の教室。静かな
る鉛筆の音。静かな寝息。

1／11（木）　英作文や英文和訳の採点は厄介だ。甘くしようと思えばどこまでも甘く、厳しくしようと思えばどこまでも厳しくなる。

部分点あげるか否か迷ふ間を

すうつと過《よ》ぎるあの子の顔が

1/12（金）　お正月疲れだろうか。

わが腕に力瘤欲しと思ふ朝ホ
ウレンソウの青きを茹でぬ

1／13（土）富士市の「ケルン」にてジャズコンサート。ドラマーの大井澄東くんはかつての教え子だ。

一期一会の音の出会ひを産む人

はまなこつむれり枹《ばち》振ふとき

1／14（日）　一年だけ通った保育園。毎朝祖母が園舎の門まで送ってくれるのに、アッという間に逃げ帰って親や先生を悩ませた。

ゐるはずのわたしのゐないあのころの写真の裏にわたしはをらん

1／15（月）　センター試験の自己採点日。高校三年生にとっては、つらくて長い一日にちがいない。

消しゴムに〝勝《カツ》！〟と書きたる
少年の採点用紙をそうつと覗く

1／16（火）　テレビ番組の「サラメシ」を見ると、ホモサピエンスとしての連帯感が生まれるようでホッとする。

天空にクレーン操る大男のくちもと約《つま》しものの食べるとき

1／17（水）娘の夫は、神戸出身。阪神淡路大震災のときは小学校六年生だった。

砕け散るガラス素足に踏みつけて逃げ惑ひたる記憶を言へり

1／18（木）　母の簞笥に眠っていた若い頃の日記帳。〈己が名をほのかに呼びて涙せし十四の春にかへる術なし〉という石川啄木の歌が一頁目にあった。私にとっては野良で働いている姿しか記憶にない母だが。

古きノートに啄木の詩は光りつつ雪に埋もれる母のふるさと

1/19（金）　仏壇の眼に、いつも見つめられている気がする。

新しき水仙の花供ふれば遺影

のちちははは噎せるがごとし

1／20（土）　知人の書道展へ。字が下手な私は、襟を正して会場に入る。

渓流の流れさやけき書の前
で長く長く立ち尽くすなり

1/21（日）知り合いを招いての新年会。五十歳を過ぎてから〝料理〟に開眼した夫は、日曜日の台所の主となる。

大鯛をさばく夫の背中より
桜色なる陽炎は立つ

1／22（月）　私の住む富士宮市は、富士山のふもとにありながら一年中ほとんど雪が降らない。雪は実際に降れば大変厄介で困りものだが、どこか憧れに似た存在でもある。

気象士は会釈ののちを棒先に

ひらり雪雲ひき寄せて来ぬ

1／23（火）朝起きたら、一面の雪景色のはずが…。

あまりにも愛されしゆゑ雪ん
子は儚く消えしや朝の光に

1／24（水）　雪は降らないが寒い。
布団から出なけりゃ遅刻出りゃ地獄（高校生S・Y君）

あと五分もうあと五分と居る蒲
団われはだんだん芋虫になる

1／25（木）　仮想通貨流出事件が波紋を広げているが、そもそも仮想通貨って何？

お店屋さんごっこしたよね木の下
で葉っぱのお札をポッケに詰めて

1／26（金）今日の授業は午後から。フルタイムで働いていた昔の生活に戻りたくはないが、かといって空いた時間をうまく使えない。

川の面の鴨を覗けばあそこに
もここにも居たり鴨のぞく人

1/27（土）夫は、私のこの言葉が苦手らしい。

きみの言ふその「絶対」はやめて

くれ絶対なんてゼッタイにない

1／28（日）リラクゼーションルーム「癒（ゆう）」は、疲れた時の憩いの場だ。

てのひらは春の日だまり　ゆつく
りと上腕二頭筋をもみほぐしゆく

1/29（月）　せっかちだなあ。

掻き寄せる落葉の下の黒土に
はやも出でたり草の芽小僧

1/30（火）

リスニング演習の間をあかあか
と夕照うつろふ富士を見てをり

1／31（水）皆既月食。今回は、月に地球が接近して大きく見える「スーパームーン」と、満月「ブルームーン」、さらに月面が赤銅色に輝いて見える「ブラッドムーン」が重なった「スーパーブルーブラッドムーン」と呼ばれる非常に珍しい月食だという。

見るべしと思ひ見ざりしこといく
つ浮かぶ夜空のブラッドムーン

二月

2/1（木）きさらぎと呟くと、空気が凛と引き締まる気がする。

みどりごの睫毛のやうな蘂《しべ》の

さき光に濡れて紅梅ひらく

2／2（金）「よかったら明日会いましょう」という友からのメール。日付は三日前。ということは、この〝あした〟って、つまり〝おととい〟のことじゃない！

寒昴きらめく夜ふけケータイ
に眠る未読のメールを思ふ

2／3（土）節分。ある村ではずっと昔に赤鬼を退治してしまったので、村人たちは節分の豆まきに「鬼は外」は言わないのだという。

「福は内」唱へつづけて平成の

闇にぬうつと立つアレは何？

2/4（日）美容院の椅子は魔法の揺籠だ。

まどろみより覚めれば鏡に髪の
みが変若《をち》返りたる吾が映れり

2/5（月）　こんな事も、たまにはある。

髪型が変はりましたねと言はれ

たり　すれ違ひざま男子生徒に

2／6（火）　市民団体主催の映画上映券を持って中学時代の恩師が来た。八十六歳だというのに、ピンと伸びた背筋も抜群の記憶力も昔のままだ。

としへの青年のまなざし持つ人は窓辺の椅子に九条語る

2／7（水）娘と息子が家を去り、少し手広になった台所。

弁当箱四つならべてサササッと

菜《さい》盛るリズムを手は忘れけり

2／8（木）　インドのムンバイでは、毎朝家庭の手作り弁当を預かって、職場に働く夫や子に送り届ける「ダッバーワラー」というプロの弁当配達人集団が活躍しているそうだ。世界は広い。

産みたての卵みたいなお弁当
届けてみたし待つ人のため

2／9(金)　ピョンチャンオリンピック開幕。今回はどんなヒーロー、ヒロインが氷上や雪原に生まれるのだろう。

「ジャネット・リン」鈴振るごと

きその響き愛し昭和の青春ありき

2/10（土）夫の母は九十八歳。今も元気で、台所に立つ。

うどん粉を捏ねる細い姑《はは》の指

みつめてをれば百年経ちぬ

2／11（日）　一足早い姑の白寿のお祝いを熱海で。夫の親族はみな甲斐の国の出身なので、会えばこの歌になる。
〽疾《と》きこと風の如く　徐《しづ》かなること林の如し　侵掠《しんりゃく》すること火の如く
動かざること山の如し

「武田節」歌ふわれらの髪に
触れ風の疾《はや》さに時は過ぎけり

2/12（月）　六歳の孫の音楽発表会。熱海から東京へ。

幼子の腕に抱《いだ》かれバイオリン子
猫のやうにミューーンと鳴けり

2／13（火）娘一家の暮らす練馬区平和台は、今では一大ベッドタウンだが、まだ所々に農地が点在している。都市部に緑が残っているのはありがたいけれど、お百姓さんは大変だろうなあ、税金や相続等々。

踏ん張っておら立ってますと言ひ
たげな練馬大根《だいこ》よビルのあはひに

2／14（水）

街の暮らしも楽ぢやないよと言ふむすめ　二人子乗せてママチャリ漕いで

2／15（木）俺は風邪なんか引いたことがないと豪語していた夫がまずダウン。次に私も。

冬の生簀の底に息する鯉のごとの

たりぷわーんとひと日を在りぬ

2/16（金）食欲がない時は、これに限る。

白雪姫の香を放ちつつわが喉《のみど》
くだりゆきたり林檎果汁は

2／17（土） オリンピックフィギュアスケート男子フリー決勝。朝からハラハラ、ドキドキ。

陰《おん》陽《みやう》の指二本立て氷上に羽

生結弦の舞ひがはじまる

2／18（日）　羽生選手にしろ将棋の藤井六段にしろ、若くして一芸を極めた人は、みな老成した雰囲気を持っているなあと思う。

老成に縁なきわれの人生か　四角い部屋をまあるく掃いて

2／19（月）風邪がなかなか抜けない。

けふの日は省エネでゆかうと決め
たるに授業すすめば声はふくらむ

2／20（火）仰天。そして動顚。

授業終へたる我に女生徒ささやけり

〈先生、その服、ひっくりかへしヨ〉

2／21（水）　通勤途上にある空き家の庭の梅がきれい。

おばあちゃーんと誰か呼ぶころ　廃
屋の屋根にひらひら白梅落ちつつ

2/22（木）おや、おはよう。

庭隅にかじかんでゐる蕗の薹
の淡き産毛を指に撫でたり

2/23（金）　喫茶店でぼんやりしているひと時が好きだ。

ドトールの椅子にスマホを繰る指

はいかなる宇宙をめくりしか今

2／24（土）国公立大学前期入試。十数年前、受験のため東京へ向かう子を新富士駅のホームで見送った時のことが思い出される。

改札をくぐりたる子は一《ひと》度《たび》を
ふりむき未来へ歩み去りたり

2／25（日）　公園にバギーを押す初老のカップルを見かけた。中を覗いて話しかけているのは、可愛い〝ワン〟ちゃんだ。

人は樹と風と小鳥と空をゆく雲と語らひ語らひやまず

2/26（月）野菜の高騰が続いている。

すべすべの雪肌大根　まかがやく
大玉キャベツ　どちら買ふべし

2/27（火）　こんな光景に出会うと、教師として本当にうれしい。

「想定外！」と叫び彼《か》の子は駆け
て来ぬ　合格通知を高く掲げて

2/28（水）

霜深き庭に萎れしパンジーは

小首もたげぬ日差し温めば

三月

3／1（木）最近、映画を見ていないなあ。

春の夜はふいに逢ひたし「卒業」のダスティン・ホフマンのまつすぐな目に

3／2（金）黒いズボンに黒いカーデガンを着ていたら、なんか魔女っぽいね、と知人に言われた。エッ？

やはらかなサーモンピンクの衣《きぬ》
まとひ桜を待たん弥生の空に

3/3（土）ひな祭り。

山並みの潤む野に出で祖母《おほはは》
と餅草摘みにき長靴はいて

3／4（日）隣保班の年度末のご苦労さん会。来年はわが家に班長が回ってくる。大変だア！

ややあやあと注しつ注されつ十軒
のバケツリレーの酒宴はつづく

3／5（月）学年末試験の答案返却終了。

「×なのに○ついてます」と申し

出た少女の頭《つむり》をそうつと撫でぬ

3／6（火）職場の女性講師が集まっての食事会。食べて、喋って、笑って、一年間の澱を出す。

「秘密よ」と言ふときはつか
艶めきて唇の花ひらく女子会

3/7（水）今日から私は春休み。さあ、歩こう。

あたたかな日差しの道にすれちがふ猫に大きなあくびをうつす

3/8(木)

犬連れて歩く人あり人連れて

歩く犬あり　そよ風の土手

3／9（金）服を着た犬は見かけるが、マスクをした犬は見たことがない。

をちこちに花粉とびかふ道をゆく
犬はくしゃみをすることなきや

3／10（土）　ときおり原田泰治の画集を開いて、なつかしい景色の住人になる。

石垣にひなたぼこするオカッパの画集の少女と苺摘みたし

3／11（日）　七年前。インフルエンザで寝ていると、部屋の天井が大きく横滑りするように揺れ始め電気が消えた。停電は一昼夜つづき、翌日の昼になって初めてテレビで東北の惨状を見た。日常世界が一瞬で瓦解することを、その時知った。

ただ一度旅せし北の国の海、
のどかなりけりカモメ遊ばせ

3／12（月）地震に備え寝室にヘルメットを置いてはいるが…。

たぶんおまへのゐること忘れ逃げるだらう　いざその時の「いざ」が来たれば

3/13（火）今年は花粉の飛散量が例年の数倍だという。

杉群れの道をあゆめば溢れくる
鼻水、涙、ぐぢやぐぢやの思ひ

3／14（水）　宇宙物理学者スティーヴン・ホーキング博士が亡くなった。七十六歳。ＡＬＳを二十一歳で発症してから半世紀以上、何が彼の命の灯をともし続けたのだろう。

無限なる心に無限宇宙あり　其を
知らしめてホーキングさん逝く

3／15（木）　東日本大震災から四日後の三月十五日夜、震度六強の地震が富士宮市を襲った。東海地震がついに来たかと思って飛び起きたが、揺れはすぐに収まった。この町のXデーは、いつ来るのだろう。

活断層の上に夜ごとを眠りを
り桜のひらく夢を見ながら

3／16（金）目の痒さが、止まらない。

かうなればとことん歩いてやらうぢや
ない　とことん黄色い粉にまみれて

3／17（土）　胸に小さな蘭の花をつけている卒園式帰りと思われる親子の姿を見かけた。

幾たびをひとは「卒業」するのだ
らう雲にゆつくり近づきながら

3／18（日）今年は例年より一週間から十日ほど、桜の開花が早いらしい。

ほ、と一輪、ほッー、と一輪

ひらきたり古き社の媼《おうな》の桜

3／19（月）　知人からタラの芽を貰った。タラの芽の天ぷらは父の大好物だった。

「タラの芽の天ぷら食ひたし」と言ひし父　もうもの食めぬ喉動かして

3／20（火）　お彼岸の墓参りに行ったら、うちの墓の隣のお墓が消えて更地になっていた。家にしろ墓にしろ、今までそこにあったものがなくなるのは淋しい。

ゆきどころなきたましひはほろほろと春風のなかいづくに遊ぶ

3／21（水）

カーナビの声は告げたり「春分の日です」と、さうね今日は春分

3／22（木）　ひさしぶりに「カーブス」へ。カーブスは中高年女性のための筋トレジム。部屋に溢れるおばさんパワーがすごい。

O脚もX脚もあり。とりどりのシューズを履いてマシーンにむかふ

3/23（金） 長生きはしたくないねとジム通い（『シルバー川柳』より）

筋トレを終へて見上げる春の

そら茫茫として明日《あした》はおぼろ

3/24（土）大学時代の親友二人と四十年ぶりの再会を果した。

旧姓で呼べばたちまち黒髪

の匂ふ二十歳の乙女に戻る

3／25（日）　あの頃の大学にはまだ〝カフェテリア〟などという洒落た場所はなかった、気がする。

学食でアイスキャンディー舐めながら辞書を引いたね恋語つたね

3/26（月）

わたくしの顔を離れてわが
眼鏡しづかに憩ふ夜の机に

3/27（火） まるでAKB48みたい。

紅ほっぺ　あまおう　あきひめ　栃乙女　綺羅を競へり春の店先

3/28（水）政治家や役人の国会答弁は摩訶不思議なり。

「わたくしども」と人の言ふときその

どもの中にあなたはゐるのだらうか

3／29（木）日がずいぶん長くなった。

カラスらも子らも帰れと富士

山の歌の流れるふるさとの空

3／30（金）　大学卒業後、教員になるため東京から地元に帰ることになった。父の軽トラに荷を積んで引っ越しをする途中、タンスの抽斗が開き、お気に入りのスカーフやハンカチがあれよあれよという間に飛び去ってしまった。大切にしていたのに…。

さらば青春！と空へ消えたるスカーフよ　春の疾風《はやち》にひるがへりつつ

3/31（土）

遊びゐし蝶の去りたるゆふぐれの畑にゆれる大根の花

四月

4／1（日）　お花見に近くの岩本山公園へ。広場の片隅に歌碑が建っていた。

岩本の山に桜を植ゑおきていつかは盛る花見思はん（大正十二年岩松小学校卒業生一同）

ひやくねんののちを桜はふんはりと山を覆ひぬ薄墨いろに

4／2（月）　新年度のカリキュラムが大幅に変わった。働き方改革の影響だろうか。

あたらしき手帳に記す新しき
日課、諸注意、ひとひらの歌

4/3（火）私の働き方は今年も変わらず。

眠り食べ鴨と語らひ折々に

子らを教へて間《あひ》に歌詠む

4/4（水）子供の頃、家の周りは一面の田んぼだった。

スカートの裾ふつくらと春の
田のれんげの海に友と遊べり

4／5（木）他愛ないお喋りをして人と繋がることが老化予防になるという。雑談力を鍛えなくちゃ。

鳥曇りの丘の茶房に語ら
ひぬ年を忘れた女《をみな》子《ご》三《み》人《たり》

4/6（金）職場の歓送迎会。

来る人はいつか去る人われ

らみな春の宴に盃掲げて

4/7（土）ホッ。

ひと粒の雨地を打ちて始ま
れり野辺の蛙の第九の合唱

4／8（日）　東京の歌仲間を富士山世界遺産センターに案内した。内部は登山道をイメージしたスロープになっていて、左右の壁面に映し出される雄大な富士の動画を見ながら登って屋上に出ると、どーんと大きな本物の富士山が北空に聳えている。

仰ぎ見る「富士曼荼羅図」山《さん》
巓《てん》の光をめざし人らは登る

4/9（月）　新学期の授業スタート。

校舎への坂のぼりつつ背をの
ばし大股でゆけ校門までを

4／10（火）　庭で一番の強者に手を焼く季節になった。

にんげんの滅びたる後この惑星《ほし》
を覆ふものとしスギナはあらん

4/11（水）　学校の印刷機が、ときどき故障する。

子らのためプリント刷り継ぐ印刷

機　過労死ラインをはるかに越えて

4/12（木）ようこそ。

軒下三寸お借りしますとツバメ来ぬ空にひかりの溢るる朝《あした》

4／13（金）"All in English"（英語で授業）が、昨今の英語教育界の潮流だが。

靴下の上から痒いところ掻く
もどかしさなり All in English.

4／14（土）退職後、植木屋に大変身した父。屋敷をぐるりと囲むように満天星躑躅《どうだんつつじ》の生け垣を植えた。毎年春になると鈴のような小花をいっぱい咲かせ、わが家は白いオーラに包まれる。

道ばたに零れやまざる満天星
の夢のかけらのごときを拾ふ

4／15（日）　日曜日はいつも大河ドラマを見ながらの夕食。西郷隆盛役の鈴木亮平さん、頑張って！

西郷《せご》どんはまこと可愛ゆき快男児　薩摩生まれの焼酎の味

4／16（月）お隣からサヤインゲンの苗を頂いた。

ほっこりと胎の温みを持つ土に

ちひさき双葉の苗を植ゑゆく

4／17（火）　テキストに読むドナルド・キーン氏の生涯。第二次世界大戦中、真珠湾で米海軍の情報士官として働く中、日本人捕虜や特攻隊員の残した日記、手紙等で、日本人の心の不思議さに触れたのが、日本と日本文学研究の原点となった。東日本大震災後の二〇一二年、日本に帰化。

青き瞳《め》に不思議の国のニッポンを目守《まも》り給へる翁となれり

4/18（水）　樋口一葉は、ひどい頭痛持ちだったらしい。

痛む頭にハチマキを締め物書
きし一葉思ふ雨しぶく夜は

4/19（木）山里育ちの母は、蕗が大好物だった。

はよ刈れよ、はよう刈れよと声

すなり春の日暮れの蕗畑から

4／20（金）　職場の机の上に、「諸連絡のためのメール登録のお願い」のメモ。説明書の手順どおりにやっても上手くいかない。こういうことが苦手な私は、ホトホト憂鬱になる。

大空の塵となるべしわが指の
送り損ねたメールひとひら

4／21（土）「これ食べてみて！」と言って、蕨やゼンマイなどの手作り山菜料理をお裾分けしてくれるおばさんが近所にいた。

山吹の黄の花しだれ咲く路地

を小鍋抱へて亡き人が来る

4／22（日）地区の堀さらい。

首にタオル、脚に長靴、シャベル

手に堀をさらへばわれらは同胞

4/23（月）一年生の黄色い帽子がヒヨコの行列のようだ。

かたまって陸橋わたるランドセル　大き子供がちさき手引いて

4／24（火）　人見知りで保育園になじめなかった私に、ある日園舎の隅でタケちゃんが摘んでくれた白詰草の花。タケちゃんもまた、遊びの輪の外にいる子だったが。

ふはふはとわが幼年期のおもひでを包みてやさし野のクローバー

4/25（水）

ぼうたんの花の渦へと吸ひ込まれ行方不明の黒蟻ひとつ

4／26（木）　浅間大社の湧玉池にたくさんいた鱒がめっきり減ってしまった。どこからか渡ってきた鵜に食べられてしまうのだ。市もお手上げの状態らしい。

丈高きあけぼの杉のてっぺん
に凱歌をあげる川鵜を見たり

4／27（金）金曜日は「週テスト」の日。「長文読解力が入試の明暗を分ける」という私のモットーを生徒は分かってくれるだろうか。

Ａ３の表に裏に英文を読みて進めよ海原はるか

4／28（土）　かつて魔のトライアングルと呼ばれ恐れられてきたバミューダ海域の謎を科学的に解明する取り組みが始まっているそうだ。世界の七不思議はもう消えるのか。

海原に沈んだ愛の「難破船」
まばゆかりけり明菜歌へば

4/29（日）昭和の日。

なにがなし昭和の顔を恋ふる夜は
リモコン押して「寅さん」を呼ぶ

4/30（月）

おほははの背《せな》にゆられて聞いて
ゐたでんでんでん太鼓の満月のぼる

五月

5/1（火）聖五月。

うねうねと茶畑つづく丘陵
の空を泳げる大鯉のぼり

5／2（水）　茶畑の中の茶房「落柿庵」で、昔の同僚達と一服しながら一句をひねる。

新緑や急須のなかに風立ちぬ（飯塚則人）

一服の新茶を飲めばわが髪
の千《ち》筋《すぢ》を渡るさみどりの風

5／3（木）憲法記念日。
〝二十年は人の顔を鷲鼻から獅子っ鼻に変えるほど長くはねえ。〟
〝だが、人を善人から悪人に変えることもあるがね。〟
（O・ヘンリー『二十年後』）

終戦後七十余年はこの国をい
かなる貌に変へたか、鳩よ

5／4（金）大型連休の最中、車で東京へ。覚悟はしていたが。

新東名「駿河湾沼津」でひと休

みせしのちゴッツイ渋滞に遭ふ

5／5（土）　大きくなったら運転士さんになりたいという孫を連れて埼玉の鉄道博物館へ。

頭《づ》を寄せてねむる二歳と六歳
の夢をカタコト行く電車あり

5／6（日）　幼子と別れる時はいつもハイタッチで。

ホテルカリフォルニア流して走る帰り道ぢいぢばあばの顔捨てながら

5/7（月）　超大型連休が終わった。

涙ぐみながら生徒がこらへ

てる小さなあくび私が貰ふ

5／8（火）　翻訳の仕事をしたいと思っていた若い頃、憧れの翻訳家がいた。

小鷹信光訳書のなかに賢者、愚者、悪党いきいき生きて息せる

5／9（水）　言葉選びにとことん拘るという点で、翻訳と短歌は似ている気がする。

このI《アイ》は〈僕〉か〈私〉か〈俺様〉か
訊けばからから笑ふよカラスが

5/10（木）本棚に眠っていた一冊を、久しぶりに取り出す。

桐の花うす紫に匂ふ日は北
原白秋『思ひ出』ひらく

5／11（金）　郊外の田んぼでは、そろそろ田植えが始まる頃だが。

休耕田に揺れる茅花《つばな》のさやさや

と風のなかなるちちははの声

5／12（土）　この近辺でも宅地化がどんどん進んでいる。

足の生えたオタマジャクシがすうい

すいと泳いでゐたりわが家の田んぼ

5／13（日）　岩本山へハイキングに。展望台からの眺めが素晴しい。

青嵐に乗つて富士の嶺めぐり
たし翼ひろげた鳶《とんび》のやうに

5/14（月）

面《おも》よせて嗅げばをみなの匂ひせり日暮れの庭の夏柑の花

5/15（火）腰痛は二足歩行の人間の宿命なのだろうか。

たらちねの母の背中に貼りやり
しサロンパス夜毎わが腰に貼る

5／16（水）　校舎は四階建て。階段を使った方が健康によいと思うのだけれど。

やはらかに胸郭ひらき吾を待つ
エレベーターに今日も乗りたり

5／17（木）　庭の木々の繁殖がすさまじい。

どいてよッと葉を広げゆく夏

椿、あかんべえと山桜桃《ゆすらうめ》わらふ

5／18（金）中間試験終了。

マル多き答案用紙は愛《いと》しけれ。
ペケの多きはなほ愛《かな》しけれ

5／19（土）　なんとなく視線を感じると思ったら…。

家刀自のカラスであらん隣家《となりや》の
屋根から我が家の厨のぞくは

5／20（日）　むかし父が田んぼで使っていた耕運機は大きすぎるので、庭の畑の耕作用に小型のを買った。

初仕事終へたる夫と耕運機

木陰に憩ふ父子《おやこ》のやうに

5／21（月）　父の遺した百鉢を越える盆栽。朝の水やりは一仕事だ。

ちちのみの父なき庭に百

鉢の盆栽は待つ命の水を

5／22（火）病後の友から電話があった。これからしばらくリハビリをするという。

しゃべる声に力あること告げたれば
「やるつきやないよ」と友は笑ひぬ

5/23（水）早朝散歩。

川の面をゆく鴨、空ゆく
燕《つばくら》の一羽一羽の輝く命

5／24（木）　加計・森友問題での政治家や官僚の発言と日大アメフト部の監督、コーチの発言、どこかシンクロしているなあ。

会見のマイクにむかふ唇《くちびる》
を暗く寂しき虚《うろ》と思ひぬ

5/25（金） 明日の旅行の準備をするのは、旅行以上にときめく。

パラソルをさして樹雨の径をゆ
く吾を思ひてパラソル買ひぬ

5／26（土）　思わずオリビア・ニュートンジョンの歌を口ずさみたくなるような信州の空。
〽country roads, take me home to the place I belong…懐かしい我が家へ私を運んでよ、故郷の道

あの雲の峯までけふは歩かうよカントリーロードの風に吹かれて

5/27（日）安曇野を散策。

手に手とりこの道ゆきし女男な

らん　道祖神となり辻に佇む

5／28（月）通りかかる度つい眺めてしまう、一人暮らしのおばあさんの家がある。

しゃがみ込み庭の小草を抜く人のまあるい背中に降る柿の花

5／29（火）　私の周りからおばあさんがどんどんいなくなり、気がついたら私がおばあさんになっていた。

ばあちゃんは生まれたときからばあちゃんと思つてゐたよ子どものころは

5/30（水）夫に花壇の手入れを任せると、何でも引き抜いてしまう。

夫は草、吾は花てふ捩《ねぢ》花

の螺旋を天へ昇る蟻あり

5/31（木）

また来年会ひませうねと声を
かけ五月人形の桃太郎仕舞ふ

六月

6／1（金）衣更え。

白妙のカーテン揺れて少女ら
の二の腕あかるき教室のなか

6／2（土）　高校三年の時、国語の授業で同級生の女の子が作った
この一首に、はじめて「詩」の匂いを嗅いだ。
むらさきの雨のふる日よ髪を梳く鏡のなかのわたしが揺れる（Y・M）

水無月の湯船につかり一筋の
詩のごとく降る雨を見てをり

6／3（日）庭草と戦う日々。

どくだみの根を引き抜いた手を嗅ぎぬ　罪を犯した手を嗅ぐごとく

6／4（月）　学校は学園祭の準備の真っ最中。校門脇に巨大なオブジェが出来上がりつつあるが、富士山だろうか。

空き缶を空へむかって黙々
と積みゆく腕よ積乱雲まで

6／5（火）　いつ聴いても森進一の「影を慕いて」は絶品だなあ。

しみじみと古賀メロディーに

涙して水饅頭をひとり食《た》べぬ

6／6（水）公園でエクササイズをしている年配の女性たちを見かけた。

エイヤッとこの世蹴上ぐるつま先は愉しからんよ太極拳に

6／7（木）　長い行列のレジで、財布から一円や五円や十円玉を素早くを選び出し支払いをする技を持たない。

釣り銭にぢやらぢやら膨らむ古財布バッグに納めレジを出で来ぬ

6／8（金）　庭の梅の木は今年もたくさんの実をつけた。祖母は笊一杯の実を干して塩漬けにし、梅干しを作るのが上手だった。

爪立ちて葉隠れの梅もいでゆく遠世の祖母と肩を並べて

6／9（土）　地区の防災訓練。係の夫は地震体験車を手配し張り切っていたのだが…。

「雨のため訓練中止」の放送が
路地に流れぬ　今朝は梅雨寒

6／10（日）晩年の太閤秀吉が怒りっぽくてキレやすくなったのは、精神安定作用を持つセロトニンが老化のために分泌されなくなったのも一因かもしれないという。バナナはセロトニン補給に格好の食べ物らしい。（ＮＨＫ「偉人達の健康診断」）

一房のバナナを朝の卓に置く夫と私の安寧のため

6／11（月）名前が分からない一本の木が庭にある。

梅に似て梅にあらざる実をあふ

ぐおまへは杏《あんず》？それとも李《すもも》？

6／12（火）　シンガポールにて初の米朝首脳会談。

毒をもつて毒を制するなりゆきの、
この先どうなるマーライオンよ

6/13（水）

中空に鳥の羽ばたき消えしの
ち青葉を叩く驟雨は来たり

6／14（木） 民法改正。二〇二二年から成人年齢が十八歳になるという。

モラトリアムもう許されぬ近未
来を生きねばならずわが幼子も

6／15（金）　若い頃は思う存分眠るのが夢だった。今、思う存分眠る時間はあるのに眠りが浅く、すぐ目が覚める。

百《もも》鳥《とり》の囀り聞こゆる明けの

窓　いまは人生の何《なん》時《どき》ごろか

6／16（土）やったあ！

初採りの茄子の光を手に納め
頬にさすって手籠に入れぬ

6／17（日）　井上靖文学館（静岡県長泉町）へ。
思うどち　遊び惚けぬ　そのかみの　香貫　我入道　みなとまち　夏は夏草　冬は冬濤（『夏草冬濤』より）

香《か》貫《ぬき》山にのぼり少年「洪作」
と嗅ぎたかりけり夏草の香を

6/18（月）　大阪で地震があった。この頃、各地でよく地震がある。

あばら骨ひとつ軋めばつぎ
つぎに軋む音する日本列島

6／19（火）　ワールドカップ、コロンビア戦。息子は子供の頃、「カズ」になるのが夢だった。

グランドにたくさんの「カズ」走りゐき昭和の少年サッカー大会

6／20（水）散歩の途中で、青い小さな柿の実（ジューンドロップ）を拾った。

親ゆびに撫づれば淡きひかり帯ぶ涙のやうなジューンドロップ

6/21（木）夏至。

右足か左かためらひ、まづ右

の足でくぐれり社《やしろ》の茅の輪

6/22（金）しまった。今日もマイバッグを持ってくるのを忘れた。

一枚五円のビニール袋にタマネギとため息つめて日暮れを帰る

6／23（土）　沖縄慰霊の日。かつて沖縄を訪れた時、あまりにも平らなその台地に驚いた。そしてガマ以外どこにも身を隠す場所のなかった当時の人達の恐怖と絶望を思った。

空の青、海の蒼さに挟まれ
て逃げどころなき若夏《うりずん》の島

6／24（日）　富士山麓の東海道自然歩道を歩く。

霧ふかき森の小径に精霊の

挿頭《かざし》のごとき羽根を拾ひぬ

6／25（月）子供の頃、長靴を履くとなぜかガリバーになった気がした。

らんらんらんらん。ぴちぴちちゃぷちゃぷ。

朝の路地いっぱいに咲く子らの雨傘

6／26（火）「みずたまり」は、古語で「にわたづみ」という。古事記の磐之媛伝説や日本書紀の蘇我入鹿暗殺の行にすでに現れるロマン溢れる言葉だ。

天《あ》降《も》り来て庭たづみの水飲みて
ゐる鵜は神代の使ひならずや

6／27（水）パンツスタイルの方が楽なので、ここ数年スカートを履いていない。マズイなあ…。

前をゆく女《ひと》の白脛《はぎ》まぶしけれ 雨

あがりの道あゆみゆくとき

6／28（木）庭木に囲まれたわが家は、梅雨時に窓を開けておくと色々な闖入者がある。蟻、虻、蚊、時には百足。油断大敵。

「朝の蜘蛛は縁起がいいで殺すなよ」と祖母《おほはは》言ひき　仏壇に蜘蛛！

6／29（金）　富士山の伏流水が、街の所々に湧き出ている。

すきとほる青水無月の湧水のながれにクレソン洗ふひと見ゆ

6／30（土）後半生の時間の流れを「瀑布のごとし」と言ったのは、どの作家だったか。

つばくらはわがまなかひを飛び
去れり流線型のひかりを曳いて

七月

7／1（日）　台所の窓から見える富士山は、スカイ・ブルー。

北に向く窓は日めくり　朝ごとに
冬富士、春富士、めくり夏富士

7／2（月）散歩の途中通りがかったお宅の睡蓮がきれい。

白《しら》南《は》風《え》に吹かれ吹かれて来し

蝶か　浮葉に黒き羽を休めて

7／3（火）　一学期の学期末試験。今日はグラマー（文法）のテスト。

重箱の隅を突つきたくはなし

されど君らに百問を問ふ

7／4（水）　棚の置物を夏仕様に換えた。

金魚鉢にガラスの出目金二匹

入れ水を注げば泳ぎ初《そ》めたり

7／5（木）西瓜にとっても、昨今は生きにくい世の中だろう。

めぐりみな糖度「１２」の西瓜ら

に囲まれ「１０」は何思ふらん

7／6（金）　またしても、集中豪雨警報が発令された。過去にない大雨による災害の危険が迫っているという。近頃の雨は土砂降りを遥かに越え、手に負えぬ生き物になってしまったようだ。

菜種梅雨、五月雨、時雨。歳時記の雨はやさしき音《ね》に降るものを

7/7（土）七夕。

初めて書きしわが短編は「星祭り」選にこぼれて夜空に消えぬ

7／8（日）　すさまじい豪雨災害が西日本を襲っているが、まだ全容は把握されていない。

唐突に川が大蛇《をろち》になるさま

を見たり平成最後の夏に

7／9（月）　東海地方梅雨明け。しばらくぶりの青空だ。しかし、西日本豪雨のとてつもない被害の状況をニュースで見ると、ただただ言葉を失う。

青空はあっけらかんと広がれ
り何もなかったやうな顔して

7／10（火）　富士山のお山開き。富士山は山梨と静岡両県にまたがる。そしてどちらの人間も「おらが富士こそ一番！」と思っている。

甲斐の富士、駿河の富士よと競《きほ》へども知らん顔なる天空の山

7／11（水）一学期もあと少し。

黒板に書きたる文字にわれが
見ゆ　勢ひうすく右肩を下げ

7／12（木）夏バテ予防になるだろうか。

たそがれは琥珀の色に染まりた

り梅酒のグラスを口に運べば

7/13（金）生き物の知恵はすごい。

スイカの種ひとつ見つけた
喜びの伝令走る蟻から蟻へ

7／14（土）「ゴッドファーザーⅠ」で、シチリア出身のマフィア〝ドン・コルレオーネ〟がトマト畑に倒れ込む最後のシーンは印象的だった。彼の死は、アメリカの古き良き時代の父親像の終焉を告げているかのようだった。

歯をあてて熟れたトマトを囓る
とき遥かなるかなシチリアの風

7／15（日）初代ドンのマーロン・ブランドもいいけど、私は息子マイケル役のアル・パチーノのファンだった。

偉大なる父を息子は越えられずアル・パチーノの瞳の孤愁

7／16（月）　海の日。小学生の頃、父と二人で沼津の海へ行った記憶がある。

スクーターの父の背中に潮風
を嗅ぎつつゆけり千本松原

7／17（火）　うちの庭にふらりと来て昼寝していくあの野良猫は、本当に野良猫なのか？

かはたれの垣飛び越えてわが野良《ノラ》
の尻尾は隣家の戸口に消えぬ

7／18（水）　高齢者のみが暮らす〝空き家予備軍〟が大都市に急速に増えているという。それは地方も同じことで、二世代、三世代が同居する家はだんだん少なくなってきている。

子ら去りてちちはは逝きて食
卓の四つの椅子が廃業となる

7／19（木）雷が鳴ったら蚊帳にもぐって臍を隠せよ、とむかし祖母は言っていた。

はたた神ひらめくたびに身じろぎぬ夜の厨の鍋もわたしも

7／20（金）　土用の丑の日。海のない山梨県に生まれた鰻屋「うなてん」の店主曰く。「はじめて海水浴に行ったときは驚いたね。海って、塩っぺえんだ！って。そのあと台所から塩の瓶をこっそり持ち出して、近くの川に全部ぶちまけて、あとで親にこっぴどく叱られたよ。」

「この川を海にすべえ」と粗塩の壺盗みたる十歳のころ

7／21（土）「命に関わる危険な暑さ」という言葉をこのところテレビで頻繁に聞く。

深海の魚のごとくに家隠《ごも》る　エアコンの風に命預けて

7／22（日）暑さと競うように伸びる草。

アイスノンを首に巻き付けわが
夫は日暮れの畑の草刈りにゆく

7／23（月）前期夏期補講開始。ひとコマ九十分。

長旅をタフにあれよとまづ檄を飛
ばしぬ子らに、そしてわが身に

7/24（火）　頓《やが》て死ぬけしきは見えず蟬の声（芭蕉）

蟬声に負けるものかとテキスト
を読む声だんだん大きくしゆく

7／25（水）　この夏の異常気象は、日本だけではない。ギリシャやアメリカでは山火事、カナダでは熱中症で多数の死者が出ている。米のカリフォルニアやアルジェリアでは、最高気温がなんと五十度を超えた地域があるという。

北極の白熊の子よ崩れゆく
大氷塊に落ちるなよ、ゆめ

7/26（木）

やはり地球は怒つてゐるのぢやあるまいかと思ひつつ今日もエアコンつける

7/27（金）前期補講終了。なんだか頭がボーッとしている。

陽炎のゆらぐ野道をまぼろしの
縄のごときが過ぎりてゆけり

7／28（土）映画「終わった人」を観た。エリートサラリーマンの定年退職後を描いた作品。良寛和尚の辞世の句を呟く夫（舘ひろし）に、妻（黒木瞳）の示す「やーね」といった顔つきが面白かった。

「散る桜残る桜も散る桜」とは

言ふもののとりあへず麵麭《パン》！

7／29（日）台風十二号は、東から西へ進む異例のコースを辿っている。

なんだってありの世の中、列

島をゆっくり進む逆走台風

7／30（月）　人間ドック。変な話だが、胃カメラ検査のとき麻酔を打たれ意識が白濁していく一瞬が嫌いではない。

燃え尽きて超新星が吸はれゆく
ブラックホールはこんな感じか

7/31（火）

朝顔の藍うつくしき団扇も

て胸の小闇に風を入れたり

八月

8／1（水）　朝六時半、近所のお寺で夏休みラジオ体操が始まる。私が子供の頃は先々代の和尚さんが、今はその孫が引き継いでいる。

ラジオ体操終へてカードにハンコ
押す二十個たまれば駄菓子貰ひき

8/2（木）猛暑は居座ったまま。

とりあへずどこへ行くにも携
帯すペットボトルの命の水を

8／3（金）最高気温の記録更新が続く。四十度超えの地域が続出。

おもてなしどころぢゃなくなるかも
しれず熱波のなかのオリンピックは

8／4（土）炎天へ打つて出るべく茶漬飯（川崎展宏）

フライパンに炒らるる豆のせつなさを思ひて歩む炎天の道

8／5（日） 核戦争の危惧。環境破壊の加速化。あの世の人は、二十一世紀の地球をどんなふうに眺めているのだろう。

アインシュタインの脳標本《なづき》ひんやりと解なき世界の隅に黙せり

8/6（月）広島、原爆忌。

一分の黙禱ののち目を開けた
空に雲あり問ふがごとくに

8／7（火）「さだこの千羽鶴」の英訳版を読みながら、教材室の本棚の下で泣いていた若い先生がいた。

かの女《ひと》のこぼした涙のひとつぶ

も鶴にかぞへん佐々木禎子の

8/8（水）お盆が近いので植木屋さんに、庭木の剪定をお願いした。

剃り跡のすがしき青年僧のごと

木々は立ちをり日暮れの庭に

8／9（木）　長崎、原爆忌。美輪明宏さんは自宅二階で絵を描いているときに被爆した。閃光の後、すべての音が消え果てる不思議な真空の一瞬があり、そのあと大音響とともにまわりの世界が瓦解したという。

「あの原爆の火の中を逃げて走った」おもひで歌へり美輪明宏は

8／10（金）和尚さんがお盆の棚経に檀家を回っている。暑い中ご苦労さまです。

いづこより来し霊ならん棚経の僧侶の頭《つむり》をめぐるこの蠅

8/11（土）娘一家が帰省。

歯磨きが大っ嫌ひだつた三歳が、
おやまあ自分で歯を磨いてる

8／12（日）　地区の夏祭り。うちの班は焼きそば担当。

鉄板に三百パックの麺焼けば月も煙りぬ　けふ夏祭り

8／13（月）　迎え盆。今年は精霊棚に供える牛と馬（仏様の乗り物）を孫達と手作りした。

盆棚のまへに座つて二人子は何語らふや茄子《なすび》の牛と

8／14（火）　予科練で戦病死した叔父の墓前には、毎年お盆になると三人の戦友が塔婆を立ててくれた。しかし、その人達も老いて他界へ去り三枚の塔婆も消えた。わが家の鴨居の叔父の写真だけがいつまでも十九歳のまま若い。

熟ることなくて落ちたる青柿
のつぶらまなこよ軍服の叔父

8／15（水）　終戦記念日。私も「戦争を知らない子供たち」のひとりだ。

長く長くサイレンなびきまたひと

りかの夏の日を知るひと逝かん

8／16（木）「どうして火を焚くの？」──「曾じいや曾ばあが、暗い道でも迷わず帰っていけるようにね」

送り火の炎みつめる幼子の

髪を揺らして夕風過ぎぬ

8/17（金） 孫達も東京へ帰っていった。

ベランダのビニールプールの子イル

カはキューーンと泣けり空気抜くとき

8／18（土）　平家物語の琵琶の音が聞こえてきそうな、久しぶりの静かな夕べ。

よよと泣き崩れる女人偲び
つつ絹の肌《はだへ》の豆腐いただく

8／19（日）今朝の空気は、肌に優しい。

玄関のノブに朝《あした》の訪問者ちひさ
なカマキリひよこんと止まる

8/20（月）後期補講開始（一週間）。

一杯のバナナジュースを飲み干しぬ教壇に立つわが脚のため

8/21（火）　第100回全国高校野球大会決勝。金足農業（秋田代表）の白地に紫のユニフォームがすがすがしい。

ゆく夏の秋田の草生に直立《すぐだ》てる竜胆《りんだう》おもふ君らを見れば

8/22（水）

ベル鳴らし自転車の少女過ぎゆ
けり風鈴吊した窓のむかうを

8／23（木）　窓から見える富士山の八合目あたり、ここ数日午後になると小豆粒ほどの丸く光る物体が見える。まさかＵＦＯ？

天上より里帰りせしかぐや姫

の輿にあらずやかの光源は

8／24（金）昨夜来の台風二十号の余韻がまだ空にある。最終補講は中止。

照り陰り雨を零して風しるく

一日《ひとひ》は過ぎぬ一生《ひとよ》のごとく

8/25（土）

なか空をからだ傾げて飛ぶ
翼重たからうね雨粒つけて

8／26（日）　台風に吹き倒されてしまった畑のトマトやナスやオクラを抜いた。どれも丈が一メートル近くあり案外力がいる。

オクラの根抜かんとすれば葉蔭からオクラの花が吾を睨みぬ

8／27（月）　うなてんの夫妻と「湯へゆこう会」を結成し、近場の温泉を訪ねた。

山の湯にわが腑ゆらゆらたゆた
はせ葉月の果ての月光あびる

8/28（火）朝夕がどかとよろしき残暑かな（阿波野青畝）

うなじ白き京の女《をみな》の手つきま

ね打ち水をせり残暑の庭に

8／29（水）鎌倉へ。報国寺の竹林を歩いたあとに飲んだ抹茶が美味しかった。

ふたひらの耳にあつまる蟬の声
とほざかりたり抹茶飲むとき

8／30（木）　夏の終わりは、なぜか豚汁が食べたい。

手ぬぐひで汗ふきながら熱き汁
食べ終はりたり秋を呼ぶため

8/31（金）

川土手をあるく日傘のなかに入《い》りまた出でゆけり麦藁トンボ

九月

9/1（土） 新涼や白きてのひらあしのうら（川端茅舎）

あならに新涼の床踏みしめて
朝のミルクを飲み干しにけり

9／2（日）　県下一斉の防災訓練。家族の安全確認ができたら、玄関に黄色い布を吊す。高倉健と倍賞千恵子の映画を思いながら。

幸ひを待つにあらねど松の枝《え》に

われは結びぬ黄色いハンカチ

9／3（月）二学期スタート。

日焼けなき顔こそ真《まこと》の受験生
と言へば日焼けの一人が笑ふ

9／4（火）　玄関の傘立てには、まだ父の杖が残ったままだ。

ひとたびもこの杖使はず逝きに
けりいきなり病に倒れた父は

9/5（水）　母の杖は、叔母に形見分けした。

野辺に咲く桔梗《ききちょう》色の母の杖い

まごろ叔母の手を支へゐん

9／6（木）北海道で最大震度七の地震が発生。日本は、地球は、どうなってしまうのだろう。

これでもか、これでもかといふやうに雨降り、風吹き、地の震《ふる》ふ国

9／7（金）　映像に見る北海道厚真町の山並は、強大なパワーシャベルで引っ掻いたように崩れ果て、民家を呑み込み田んぼを埋めている。

そこにのどかな里の暮らしがあつたこと、稲穂が黄金《こがね》に揺れてゐたこと

9／8（土）　清水市出身の漫画家さくらももこさんが先月末に亡くなった。ほっこりと暖かく、キュンと胸に沁みる「ちびまるこちゃん」のユーモアに家族みんなで笑った日が、わが家にもある。

「ああアタシ、さみしいよう」とまる
ちゃんのつぶやき聞こゆ夕焼けの空

9／9（日）　岐阜県にある「スーパーカミオカンデ」の水が抜かれ、内部が十二年ぶりに公開された。この施設建設を主導した物理学者の故戸塚洋二さん（二〇〇八年六十六歳でガンにて逝去）は、私の母校（静岡県立富士高校）の大先輩であり、誇りだ。

ニュートリノ追うて一生《ひとよ》を光線
の速さに駆けてゆきし男《ひと》はや

9/10（月）富士山閉山式。

明日よりは天界の山となる富
士に人ら礼《ゐや》せり玉串捧げて

9／11（火）　同僚とのお喋りに気をとられていると、降りる階を間違えてしまう。

エレベーターの扉ひらけばまっすぐに異界へ伸びる廊下か、これは

9/12（水）

咲き満ちてひかりを零すコスモスの園を歩みぬ黄揚羽連れて

9／13（木）北海道地震から一週間がたった。

崩れたる泥土の山に膝つい

て小菊を捧げる白《しら》髪《かみ》の女《ひと》

9／14（金）　介護ロボットのみならず、小学生に英会話を教えるロボットも現れたという。

だんだんに居場所せばまる教壇に
けふも立つなりチョークを持ちて

9／15（土）　葡萄が美味しい季節になった。母の実家のある山梨の清子《せいど》村の段々畑にはぶどう棚があった。小粒で不揃いな葡萄たち。

つま立ちて祖母の捥ぎくれし一房

のぶだうに秋の陽は満ちてゐき

9／16（日）　落花生の初収穫。静岡では、取れ立ての実を塩茹でにして殻を割って食べる。この食べ方が一番おいしい。

大鍋を囲み茹でたてピーナッツ
食べたね湯気に睫毛を濡らし

9／17（月）　敬老の日。晩年の父は、なぜか区の主催する〝敬老会〟に出ようとしなかった。

蒼天に剪定梯子を立てかけて
地下足袋の父、空へ消えたり

9／18（火）鳥と話が出来たら、どんな感じだろう。

「アア」は「やあ！」、「カカカ」は「用心！」

それぞれに意味のあるらしカラスの言葉

9／19（水）　遅ればせながら携帯電話をスマホに変えた。果たしてどこまで使いこなせるものやら。

光回線めぐる地球の秋の日に

君へ手書きの文書きてをり

9／20（木）　彼岸の入り。ＪＲパンフレットにある秋の明日香路。行きたいなあ。

甘樫の丘をめぐりて天蓋花
とほき飛鳥の血の色に咲く

9／21（金）　春のお彼岸は牡丹餅、秋のお彼岸はお萩を仏様に供える。同じお餅なのに季節の花に合わせて呼び方を変えるなんて、昔の人はなんと風流だったことか。

四つ買ひたるお萩を四人で分け合ひぬ　此岸の夫と吾《あ》、彼岸のちちはは

9/22（土）　東京へ。皇居周辺を久しぶりに歩く。

お堀辺をめぐるマラソン人の
なか一人くらゐは英霊をらん

9／23（日）　池袋駅の構内でサイフを落としてしまった。もう出てこないだろうと諦めていたら、交番から無事発見された由の連絡が入った。日本て、すごい！

観音の手のあらはれてわが財布拾ひくれしや雑踏のなか

9/24（月）母の忌。

秋明菊きれいだねえと天の声

聞こえるやうなけふの秋晴れ

9／25（火）　暗きより暗き道にぞ入りぬべき遥かに照らせ山の端の月（和泉式部）
この一首を目にした時、生身の一人の女性の息づかいを、ありありと肌に感じた。千年の時を超えて。

月あふぐ私の横に月あふぐ
和泉式部の顕つ良夜かな

9／26（水）　昔の同僚と久しぶりのランチ。彼女はいつも粋な着物姿で現れる。

断捨離を始めたのよと言ふ
人の声も瞳も若やかに見ゆ

9/27（木）をりとりてはらりとおもきすすきかな（飯田蛇笏）

真夏日にこの土手よぎりし蛇《くちなは》も
地に潜りしか穂すすき揺れる

9／28（金）　アメリカのある都市では、ＡＩ（人工知能）に予め犯罪が起こりそうな地域を予測させ、警察官がそこを重点的に見周り、犯罪抑止に成果を上げているらしいが、何やらすこし不気味な感じだ。ＡＩのご神託をどこまで人は受け入れるべきか。

いつの日か告げるのだらうか
ＡＩは　この惑星の最後の時を

9/29（土）

雀らが落穂ついばむ秋の田のかなたの富士も暮れそめにけり

9/30（日）　また大型台風が近づいている。

雨風のいまだ至らぬ空のした
息詰めてをり木も鳥も人も

十月

10／1(月)　台風一過。本庶佑氏がノーベル医学生理学賞を受賞した。「教科書に書かれていることをそのまま信じるな」という氏の若者へのメッセージが印象的だった。

つばらかに富士の胸郭見ゆる日

やスウェーデンより吉報届く

10／2（火）大和撫子という言葉は廃れたが。

倒れ伏しそれでも花を咲かせゐる
コスモスは手強き手弱女《たをやめ》ならん

10／3（水）　ジム通い一日行っては三日寝る（『シルバー川柳』より）

行かなくちゃ行かなくちゃあと言ひ

ながらジムへは行かずスタバに憩ふ

10／4（木）　新内閣発足で改憲論はますます加速するのだろうか。

太平洋戦争日本人死者三百万

はいかに思ふや改憲のこと

10／5（金）去年のサンマは高嶺（値）の花だったが、今年は大漁らしい。

あの家もこの家もけふはサンマ
かな路地にながるる煙の匂ひ

10／6（土）　日本中のどこにいても、何らかの災害に遭いそうな気がする今日この頃。

いざという時の「いざ」の来る日のわからねば朝ごと富士に祈るのみなる

10／7（日）沼津牧水短歌大会のあと御用邸付近を散策した。

あとさきに牧水の雲と歩み
ゆく秋の海辺に浜菊咲けり

10／8（月）体育の日。

駈けっこの大ッ嫌ひな小学生われは吊せり〈雨降れ坊主〉を

10／9（火）　久々に身延線に乗った。車両はたった二両。高校生だった頃と変わらず、手動のドア。

カッタンと車輪動けば髪ながき少女に戻る単線電車

10／10（水）　地球の周囲の低地球軌道には、大小夥しい数の宇宙ゴミ（スペースデブリ）が漂っているという。行き場所をなくした人工衛星やロケットの残骸たちは、無限に軌道を回り続けるしかないのか。

地に核の、空にロケットの墓処

あり水のひかりの美しき地球《テラ》

10／11（木）知人の誘いで、富士市の「櫂の会」短歌サークルに一日参加した。

銀ぶらを一人楽しむIさん

の九十歳の歌あり天晴れ

10／12（金）天候が不順な日が続く。

「富士山が笠被りゃ雨」と祖母の

こゑ聞こえる日には洗濯やめる

10／13（土）市の美術展を見学した後、叔母とランチ。ささやかなアート談義をした。

毒こそがアートの命さはされど
このコンソメのうす味が好き

10／14（日）　ＪＲ東海主催の「さわやかウォーキング」の途中らしい中高年の集団に出会った。

リュック背負って葦の川辺をゆく人よ豊葦原の風に吹かれて

10／15（月）　七年前、富士山頂にうっすら初雪が積もった日（九月二十四日）に母は旅立った。今年はほぼ一月遅れの冠雪。

写メールでかの世の母に送り
たし初冠雪の今朝の富士山

10／16（火）　散歩の途中の不思議な光景。

大いなる瓢《ふくべ》垂れゐるこの庭
の主の顔は見たこともなし

10／17（水）　忘れないように冷蔵庫に〝大切〟と書いたメモを貼り、その上にまたメモを重ねると下のメモのことを忘れてしまう。

幾重にも上書きされつつわが生に忘られてゆく「大切」多し

10／18（木）　ウオーキングシューズを買った。靴底に弾力があり、歩きやすい。

露しげき朝の小径をきゆんきゆんと新しき靴鳴らして歩む

10／19（金）　日がずいぶん短くなった。

ああ外は冷えますねえと一匹
の蚊が迷ひ来ぬ夕べの居間へ

10／20（土）　長野県諏訪市の北澤美術館へ。アール・ヌーボーを代表するエミール・ガレ、ドーム兄弟、ルネ・ラリック等のガラス工芸作品が圧巻だ。あの有名な茸形のランプは、病からの復活を願ったガレ最晩年の作品。

死ののちを魂あかく灯りをりエミール・ガレ「ひとよ茸のランプ」に

10／21（日）月の引力のお陰で地軸の傾きは23.5度に保たれ、それが地球上の季節の変化と生命の維持を可能にしているのだという。

十三夜の月照る夜の食卓に

栗の甘露煮食みをり夫と

10／22（月）　よい秋や犬ころ草もころころと（一茶）

わが髪を梳いて秋風すぎゆけり犬ころ草の揺るる川土手

10／23（火）　スマホに変えて、一番よく見るようになったのは歩数計だ。

目標の七千歩にはあと百歩
足らねば百回足踏みをする

10／24（水）明け方は、夢幻の時間。

この駅にきのふも確かに待つてゐ
たと思ひつつ夢に列車を待てり

10/25（木） 今年は茸も豊作。森の動物たちも喜んでいるだろう。

月の夜はサルノコシカケに腰を掛

けぴいひやら笛吹く小猿をらずや

10／26（金）

わが庭のいちばん日当たり良きところ小僧のやうなポンカン実る

10／27（土）　七歳になった孫の誕生日プレゼントを持って東京へ。
どうやら彼には、好きな女の子ができたらしい。

みかちゃんへのおてがみ胸に抱へ
たる男児《をのこ》がむかふ夕陽のポスト

10／28（日）　帰路。東京駅の中は何遍歩いても迷路のようでよく分からない。大学入試のためはじめて上京した四十五年前もそうだった。

東京駅八重洲地下街ニュートーキョーでカレー食べにき東京に来て

10/29（月）ブラジルに親トランプ派の大統領が誕生した。

蒼穹に秋のひかりは満ち満ちて地軸は右へ傾くばかり

10／30（火）開校記念日で、学校は休み。

蔦からむ茶房のソファーにふかぶかと身を沈めたり歌を産むため

10／31（水）　秋の気の音なく満ちて指先に起こしては繰る本こそが本（今野寿美）

一頁繰れば花野へまた一歩

分け入るごとし古今集読む

十一月

11／1（木）　久しぶりに歩いて学校まで。

茶の花のふくらほころと咲く径

に今朝出会ひたる少女の笑窪

11／2（金）　気象予報士によると、空の色は「春は空色、夏は紺碧、秋冬は天色《あまいろ》」なのだそう。天色は、さしずめ英語の heavenly blue《ヘブンリーブルー》 にあたるのだろうか。

ヘブンリーブルーの空の先には何がある？　メタセコイアの黄葉《もみぢ》を見上ぐ

11／3（土）文化の日。

忘るる勿れ！けふは日本の祝

日と国旗揺れをり酒屋の軒に

11／4（日）　なほ朽ちぬこころざしありふるさとの岸辺に灯る甲州百目（三枝昻之）

甲斐が嶺の夕焼色の柿ひとつ

分けてもらひぬ媼の手から

11／5（月）十一月三、四、五日は、浅間大社のお祭り。春の祭りでは境内で流鏑馬が行われ、秋の祭りでは山車が街中を練り歩く。

てんつくてんてんてれつくてんてんとあの
山車に従《っ》いて晩年超えてゆきたし

11/6（火）

ふいに来てふいに止みたる秋しぐれ山茶花の紅に露を置きたり

11/7（水） 暦の上では今日からもう冬。

立冬の庭に草の実ついばめるふくら雀は暖かさうなり

11／8（木）　米国中間選挙。民主党が下院の多数派を奪還。オバマ元大統領の再来と注目されていたテキサス州のオルーク候補は惜敗。私の第六感は、〝勝利〟を告げていたのだが。（かつてジョージア州知事だったカーター氏を初めて見たとき、彼が未来の大統領になると予感した時のように。）

笑まふとき愛《かな》しき男と思ふかな　カーター、オバマ、ロバート・オルーク

11／9（金）　太陽暦採用記念日。明治五年のこの日、太陽暦に変わる布告が出された。歌を作る時、旧暦と新暦のズレは悩ましい。

季語どほりに季節が動いてくれ
ないなあ霜降月に霜降らなくて

11／10（土）紅葉の名所、奥大井の〝寸又峡〟へ。深い渓谷に架かった〝夢の吊り橋〟を渡る。

吊り橋を渡り終へたるわが脚
に夢の名残りの揺曳はあり

11／11（日）　地区の一斉清掃の日。うちの班は、氏神様の境内を掃除する。

八幡さんの銀杏落葉を掃く人
の上なる雲も掃かれてゆきぬ

11／12（月）　イヴ・モンタンの歌が聞こえてきそうな林の道を歩く。

枝を離れ空《くう》をただよふたまゆらを枯葉は得しや一期《いちご》の自由

11/13（火）下駄箱に長らく眠っていた靴たちを、とうとう整理した。

あなたとは相性が合はずごめん
ねと詫びたり高きヒールの靴に

11／14（水）　いい天気だ。

どこまでも飛んで行けさうな小春日

よ　しろばんばあを追ひかけながら

11／15（木）　七五三。若いころカメラに凝っていた父が撮った一枚の写真がある。

千歳飴手にぶらさげてなにが
なし窮屈さうな晴着のわたし

11／16（金）　一年に一度ピアノの蓋を開けるのは調律の時だけ。誰も弾かない（弾けない）ままに三十年あまりが過ぎた。

使はなくちゃ錆びつきますよと言はれたりピアノの弦も人の頭も

11/17（土）東京へ。久しぶりに訪れた上野公園で、懐かしい音色を耳にした。

ここはインカの丘にあらねどオカリナの音《ね》は吸はれゆく天色《あま》の空へ

11／18（日）　上野公園の路上ライブの人から買ったオカリナのＣＤ。
大好きな「コンドルは飛んでゆく」が入っていて嬉しい。

冬天に翼ひろげたコンドルと
なりてめぐらん富士の高嶺を

11／19（月）授業中ふと見回すと、生徒はみな電子辞書。旧式な辞書を抱えているのは私だけだ。

わが指の脂沁みたる友なれば
捨て難きかなこの紙の辞書

11／20（火）　浅間大社へ参拝したあと、門前にある〝お宮横町〟へ。B級グルメ優勝の〝富士宮焼きそば〟を食べる人達で、ここはいつも賑わっている。

焼きそばの匂ひただよふ横町を
わがふるさとの胃の腑と思ふ

11／21（水）日産のカルロス・ゴーン会長が逮捕された。

手品師がワン・ツー・スリーで人を消す速さに為されし逮捕劇かな

11／22（木）職場は十二月にならないと暖房が入らない。

たらちねの母の編みたる膝掛

けに膝をくるみぬ小《せう》雪《せつ》の朝

11／23（金）「すごい満月よ、見てごらん」という叔母からのメール。

冬の月かーんと明るし　明るきニュ

ースこのごろ少なきこの世照らして

11／24（土）　この景色は…すっきりしてるけど、なにかしら頭の上がスースーするなあ。

電柱の失せたる駅前大通りの空へ大きなくさめを放つ

11／25（日）何も考えずにやっていると、とんでもないことをしていることがある。老化？とは思いたくないが。

「西郷どん」を見んとて吾はひたぶる
にボタン押したり　受話器のボタン

11/26（月）いいふろの日。

〃湯へゆかう会〃のうなてんさんより電話あり「今日は下部《しもべ》の湯へゆかうかい」

11／27（火）　週に一度のＡＬＴ（外国人英語教師）とのＯＣ（オーラル・コミュニケーション）の授業。なぜか終わりに短歌を一首披露するのが恒例となった。この時だけは日本語で。

わが歌を分からなくても「ＯＨ！《オー》」
と言ふ生徒らのゐて冬の陽ぬくし

11／28（水）竹竿にぎっしり大根が吊し干されている光景は壮観だ。

大根のひやつぽんの脚輝けり

峡の田んぼの夕陽のなかに

11／29（木）赤ちゃんの寝顔は、いくら見ても見飽きないなあ。

みどりごはいま夢のなか笑むたび
に富士のかたちのくちびる動く

11/30（金）

陽に透けて赤深みゆく満天星《どうだん》の

垣根のほとり　わが身も赤し

十二月

12／1（土）　今年も、あと一月。

極月のカレンダーの絵はふかふか
かの毛糸帽子のちひろの少女

12／2（日）　地区の防災訓練（三回目）。今回は八幡さんの境内で、消火器の取り扱い方と簡易トイレの設置の仕方の訓練を受けた。幼なじみの顔もちらほら見える。

大公孫樹の根もとに集へば我らみなギンナン拾つた子どもに還る

12／3（月）玄関の棚の置物を、クリスマス仕様に変えた。

ひとりでは淋しいからね　赤い
帽子、白い帽子のサンタ並べる

12／4（火）　毎週火曜日の朝になると家々を巡ってパンを売りに来るルーマニア出身の若い女性がいる。ブルーの瞳にじっと見つめられると、断れない。

マッチ売りの少女の面影持つ人より焼きたてパンの温みを買ひぬ

12／5（水）暖かな日が続く。

こんな陽気ぢや眠つてなんかいら

れないと蛙啼くなり枯草のなか

12／6（木）　興福寺の阿修羅像の推定年齢は二十三歳という結果が、ＡＩを使った画像分析で出たそうだ。私は、もう少し若い阿修羅を想像していたのだが。

平成の美《は》しき阿修羅よ貴乃
花去りてさみしき両国の空

12／7（金）　校舎の立つ丘陵から眺める街の夜景は、空気が澄む冬になると素晴らしい。さながら富士山を巡る地上の銀河だ。

夜の河となつて煌めく街の灯
のそのひと粒にむかひて帰る

12／8（土）　インフルエンザの予防接種を受けたが、はて何型に有効なのか…。

いくたびもモデルチェンジし進化

する車のやうなウイルスあるべし

12／9（日）　うす紅の和菓子の紙や漱石忌（有馬朗人）
男女平等という概念の希薄な明治にあって、漱石は純粋かつ対等な視線で女性を描いていると感じる。

三四郎池の辺《へ》に佇《た》ちもの思
ふ青年をらん平成の世も

12/10（月）

水仙の花にわが鼻ちかづけ

ぬ互《かた》みに白き息吐きながら

12／11（火）寒気団到来で、ようやく富士山も富士山らしくなった。

ペンキ塗り立ての白に輝く富士

山を見ながら朝の歯を磨きをり

12／12（水）　二〇一八年「今年の漢字」は、「災」に決定。清水寺の森清範貫主のずっしりとした揮毫を眺める。

地震、豪雨、酷暑、洪水。「災」の字の絶ゆることなき一年《ひととせ》なりき

12／13（木）地震予知は、可能だろうか。

実験室の水槽にナマズ飼ひてゐ
し理科の先生のヒゲ面なつかし

12/14（金）父の忌。

仏壇の遺影の父はちゃんちゃ
んこ「寒《さみ》いなあ」と鼻水啜る

12／15（土）「雨の言葉辞典」によると、日本には千を超える雨の呼び名があるらしい。

いづくにか逝く人あるや冬

薔薇《さうび》はらり散らして涙雨降る

12／16（日）　下田へ小旅行。下田の玉泉寺には幕末この地に没したロシア人水夫の墓がある。

はるかなる祖国恋ふごとディアナ号水夫の墓は海に向き立つ

12/17（月）　墓地から見下ろす伊豆の海は、青く凪いでいる。

うつらうつら死者ねむる間を墓

石の背《そびら》あたため冬の陽させり

12／18（火）　焚き火、達磨ストーブ、炭の炬燵。火を囲む冬の暮らしが、ふと気づくと身の回りからすっかり消えている。

どの足がだれの足だか分から
ない炬燵の闇に団欒あり　き

12／19（水）運転免許更新のための写真撮影。

口角を上げてにっこり微笑ん
だ…はずの写真のこの顔は誰

12／20（木）　一秒一秒の時の移ろいが一年になり百年になり、あっという間に遠い過去へ運び去られてしまうことの不思議を時折思う。

木枯しの戸を叩く夜は、兼好さん、なぜかあなたとお喋りしたし

12／21（金）年賀状を書くたび、ため息が出る。ヘタな字だなあと。

「いつかまた会ひませうね」と記
しつつ会はざるままに半生過ぎぬ

12／22（土）　冬枯れの庭が、すこしだけ賑やかだ。

かたはらを通ればぢつと吾を
見る童女のやうな赤い真椿

12／23（日）　大人になると時間の流れが速くなるのは、物事に感動する心を失っていくからだとある人が言っていた。

ああそれにしても沁みるよ胸いっぱい寒夕焼けの茜を吸へば

12／24（月）誕生日。

粉雪は降らねど「ホワイトクリスマス」夫と聞きをり古き茶房に

12／25（火）今日から四日間冬期講座。センター試験を間近に控えた三年生の背は、みな緊張気味だ。

枝先の硬きつぼみのほぐれゆく
春にはきみらも巣立ちてゆかん

12／26（水）　平成二十三年九月に母逝去、十月に初孫誕生。平成二十六年十二月に父が亡くなり、翌年五月に二番目の孫が生まれた。

来るたましひと行くたましひのすれ
ちがふ通ひ路か　あの飛行機雲は

12/27（木）今朝は、冷え込みが厳しい。

七人の小人を連れて滑りた

しバケツに張つた氷の湖《うみ》を

12／28（金）　ご近所から畑でとれた冬野菜をいただいた。どれも見事な出来だ。

大蕪《かぶら》ずつしり重しわが腕に初めて抱いた吾子のごとくに

12／29（土）　注連飾りを飾る。玄関、神棚、仏壇、床の間、など全部で七カ所くらい。これを飾らないと我が家にお正月は来ない。

牛蒡注連の尻尾は左、いんや

右？ながく迷ひぬ神棚のまへ

12/30（日）　平成の次は、どんな元号になるのだろう。

遠ざかる駅の名に似てなつか
しき明治、大正、昭和、平成

12／31（月）　百三十八億年前のビッグバンで生まれた私たちの宇宙。その無限の広がりの中に、生命を宿す星は他にもあるのだろうか。

おほつごもりの宙《そら》をみあげて瞬
けば吾に瞬きかへすオリオン

あとがき

私の二冊目の歌集です。短文と歌で平成三十年の一年間を綴りました。これは、ふと書店で手にした「ふらんす堂」の『短歌日記』に大変興味を覚え、自分もぜひこの形に挑戦してみたいと思ったからです。

タイトルは、「パラソルをさして樹雨の径をゆく吾を思ひてパラソル買ひぬ」（五月二十五日）から採りました。

現在の私は、講師として週に数時間を高校で教える傍ら、近くの田舎道を毎日のように散歩しています。その散歩の途上で浮かんでくる泡のような思いを掬い上げ、淡水画を描くつもりで日々のあれこれを記しました。内容は身めぐりのこと、自然、時事、過去の回想など雑多です。テーマも統一性もありませんが、一日一つの小さな物語を、散文を横糸、韻文を縦糸として日々紡いでいくことに深い喜びを感じました。

平成最後のこの年は、世界的な規模の異常気象、ますます混迷を深める国際情勢などが相まって、地球の未来への不安が増した年でもあります。日本国内でも様々な災害が頻発しました。この歌集も、半ばあたりから意図せずしてそうした内容のものが多くなりましたが、だからこそ願わずにはいられません。子供達やその子供達の生きる未来も、樹雨の散歩径にやさしい風が吹いているような地球であってほしいと。

歌集を纏めるにあたり三枝昻之先生にはお忙しいなか歌稿に目を

通していただき、帯文を書いていただきました。心から感謝申し上げます。また、今野先生、三枝先生はじめ、集中で引用させていただいた様々な短歌、俳句、川柳の作品の作者の方々にもこの場を借りてお礼申し上げます。最後に、刊行にあたり大変お世話になりました青磁社の永田淳様、素敵な装幀をしてくださいました上野かおる様にも、深くお礼申し上げます。

令和元年十月七日

林　充美

著者略歴

林　充美（はやし　あつみ）

1954 年　静岡県富士宮市生まれ
1977 年　津田塾大学学芸学部英文学科卒業
1977 ～ 2012 年　静岡県内の公立高校に勤務
エッセイ「命の水」が、教育出版中学国語 I 教科書
（平成 9 年度版～ 12 年度版）および中学道徳 3 教科書
（平成 18 年度版～ 21 年度版）に掲載
2000 ～ 2008 年「しずおかジュニア翻訳コンクール」
（静岡県主催）の企画審査委員
2016 年　第一歌集『ジューンドロップ』刊行

りとむ短歌会所属
静岡県歌人協会会員

歌集　樹雨のパラソル　歌と歩く365日

りとむコレクション113

初版発行日　二〇一九年十一月二十二日

著　者　林　充美

富士宮市黒田二一―一（〒四一八―〇〇三四）

定　価　二〇〇〇円

発行者　永田　淳

発行所　青磁社

京都市北区上賀茂豊田町四〇―一

（〒六〇三―八〇四五）

電話　〇七五―七〇五―二八三八

振替　〇〇九四〇―二―一二四二二四

http://www3.osk.3web.ne.jp/~seijisya/

装　幀　上野かおる

印刷・製本　創栄図書印刷

ISBN978-4-86198-447-1 C0092 ¥2000E